グレーテ・ザムザさんへの手紙

坂井一則 詩集
Sakai Kazunori

コールサック社

詩集

グレーテ・ザムザさんへの手紙

目次

Ⅰ章　私《わたくし》　雨《あめ》
私《わたくし》雨《あめ》　8
雨の日に　12
風　紋　14
風の強い日に　16
しだれ桜　18
花蒔人《はなまきびと》　22
花から教えられた、日　26
言葉にすると　28
Ⅱ章　時に　ひとり
折　鶴　32
北極星〈ポラリス〉　34
冬の夜　38
化　石　42

成行き　46
井　戸　50
時に　ひとり　52

Ⅲ章　グレーテ・ザムザさんへの手紙

グレーテ・ザムザさんへの手紙　56
雛に寄せて　60
一　雛人形　60
二　流し雛　62
三　つるし雛　64
家　66
一．新築　66
二．増築　67
三．浸水　70
四．玄関（音楽編）　72
五．階段（絵画編）　75
六．二階（完結編）　77
名　前　82

Ⅳ章　天狗の杜《もり》

天狗の杜《もり》　90
蟬　94
アサリ　98
鴨（Ⅰ）　102
鴨（Ⅱ）　106
舌を噛む　110
猫を跨ぐ　114
「鮭」Gustavo Isoe（グスタボ・イソエ）へのオマージュ　118
いま、ヘッドライトが流れていく　122
あとがき　124
略歴　126

詩集

グレーテ・ザムザさんへの手紙

坂井一則

Ⅰ章

私雨《わたくしあめ》

私雨《わたくしあめ》

しなやかに熟れていく季節の始まりとして
たとえば空の高みから
一滴《ひとしずく》のかなしみが落ちてくるとき

わたしはその滴るかなしみを享受する

「もう、空も風も詠わない」と
こころに決めた遠い日の誓いに背いて

わたしには守るべき砦など

初めからなかったのだ
わたしには恐れるべき槌など
幻にすぎなかったのだ

砂上の楼閣に立て籠もるドン・キホーテさながら

いまわたしはしなやかな季節の入口から
伝説の森に迷い込む
その森ではかなしみの滴も
空の高みから慈雨のごとく降り注ぎ
木々を癒し
誰も見たことのない湖は
ひたすら静かに水を湛えるという

山粧う秋日

旅先の麓で
季節のしなやかな移ろいを
子守唄のようになつかしく
私雨に聴いた

雨の日に

雨の午後
頬杖つきながら外を見る
ベランダの庇に弾く雨音が
重力の作用を納得させる

ところで雨は
高いところから落ちてきて
大地を潤し
乾いた獣たちの舌を濡らしていく
けれど
あの水たちはあの雲のなかでいつ
雨に変わるのだろう

子供の頃
雨の日には思ったものだ
あの雲の上には果てしない空があって
その空では幸せが溢れていて
天使たちも舞っていることだろう
でも地上はいま雨が降っていて
ぼくらは罰のように打たれているのだ
と

だからぼくらは
雨の痛みのぶんだけ
やさしくならなければいけない

頬杖つきながら見上げる雨の午後に
堕天使について考えている

風紋

風は
確かに見た瑠璃色を記憶して
蒼茫の水平線の彼方からやってくる

風は憶病だから
砂の上にそっと腰をおろして
行き場のない夢の続きを
一本一本
丹念に解《ほど》いていく

風はことばの代わりに
夢の続きと瑠璃色の記憶
そしてそれらにまつわる事様《ことざま》を
砂の上に
模様に託して語るのだ

風と語らい
風と戯れたものたち
と

たとえば破れた海鳥の翼
あるいは
殻だけになった貝を
砂に埋めながら

風の強い日に

風の強い日に
着物姿の老女が
横断歩道を渡っていた

歩道の中ほどで
一段と強い風が足元を捲き
着物の裾が一瞬乱れた

けれども彼女は毅然と歩んだ
少しも怯まずに
風と対峙する如く

歩幅は乱すことがなかった

地に足を着けた人生を
彷彿とさせる如き
生きてきた道程の確かさの
美しい後姿で
横断歩道を渡っていった

きっとこんなときだ
かの久米の仙人が
神通力を失くしたのは

男には叶わない
女の凛とした矜持が
寒風に翻る

しだれ桜

「桜の樹の下には屍体《したい》が埋まっている！」

と言った梶井基次郎ならずとも
こんな廃屋では
屍体のひとつやふたつ
埋まっていても
別段
不思議とも思われないほど
見るからに頑固に捻じれた老木へ
春は今年もまた忘れずにやってきて

しだれ桜が一本
見事に咲いている

この屋敷の家人は絶えて久しいから
待つ者もなく
いたずらに
撓《たわ》める枝先を
ただ風になぶらせ
散っていったことか

春宵一刻

お誂《あつら》え向きに今夜は月明かり
何やら蠢動《しゅんどう》する気配に
桜の樹の下の屍体も

夜桜の宴に浮かれ始めたのか

その証拠に
朽ちた裏木戸が
ほんの少し揺れている

花蒔人《はなまきびと》

近ごろこの街では
花盗人ならぬ花蒔人が出没するという

蒔かれた人は当然
蒔かれたことを知らない

冬を過ぎて春になって
しまった　やられた
玄関先や裏の勝手口で
一斉に花々が咲きだして
初めて事の次第に気付くのだ

でもこの街の人たちは
だれもそのことを
ことさら騒ぎ立てたりはしない

花時人は
ここに花があったらどんなに素敵だろう
という理由だけで
こっそり蒔いていったのだから
蒔かれてしまった人は
くすぐったい気持ちにはなっても
決して怒ったりなんかしないのだ

ただちょっぴりシャクだから
こんどは自分がこっそり花時人になって

どこか知らない家を花一杯にしてやろうとするので
早晩
この街の住民は
全員が花時人になってしまう日も近いだろう
だれも知っているけど言わないだけ

花から教えられた、日

花は受粉したのち
自らを枯らすために
己に向けてエチレンガスを放出し
残りのエネルギーのすべてを
実や種子に結集させるのだという

花はいつも
風や虫の力を必要としていて
かくも艶やかな容姿や
馥郁たる芳香で誘いながら

実はすでにおのがじし
去り逝く時を内包していたのだった
(役割を演じ終えた者は速やかに下手に消えること)

おもえば
こんなあたりまえのことを
花から教えられた、日
わたしはわたしに向けて放たれる
エチレンガスの刻《とき》について考えてみる

街は芍薬・牡丹・百合が通り過ぎていく

言葉にすると

言葉にすると
なんと
貧しくなってしまうのか

眼に映り
耳に触れ
肌に沁みた
この瞬間を
どう語ればいいのだろう

黄葉した銀杏並木が風に踊り
思い残すことはもうなにもない
とでもいうように
一斉に
色彩の雨が降った

こんなときは
無言でいるがいい
人も街もときに
口を噤むことがあっても
いいではないか

風の声が
美しい贈物のように聴こえる日
には

Ⅱ章　時に　ひとり

折鶴

やさしさに心奪われていたので
折鶴を折った
やさしさに心囚われていたので
夜空を見上げた
やさしさに心焦がれていたので
詩を書いた

折られた鶴は
わたしの掌を二、三度啄《ついば》み
そっと舞い上がった
見上げた夜空には

お誂え向きの満月が懸かっていて
春宵をやさしく照らし出していた
けれども書かれた詩には
つらい言葉しか出てこなかった

ほんとうはわたしの薄っぺらな心が
一枚の紙を山折りし谷折りして
一羽の鶴を折り上げてしまったのだ

だから折られた鶴は
紙の嘴《くちばし》でわたしの言葉を啄み
紙の翼で満月を指して
飛び去ってくれたのだろう

今のわたしの宙吊りな想いを乗せて

北極星〈ポラリス〉

こんなにも鮮やかな夜だから
こんなにも「星降る」夜だから
子供のころのように
見上げた夜空に北極星を捜している

「北極星までの距離は約七〇〇光年です
つまり君たちがいま見ている北極星は
七〇〇年前に光った星を見ているわけです」

小学校の理科の時間

そう教えて下さった先生
いまもお元気でしょうか
あれから科学の進歩は
北極星までの距離は（四三一±二七）光年
と訂正されましたが
ぼくらのこころのなかの光陰は
いまでも七〇〇光年のままです

七〇〇年が四〇〇年になったとしても
どうってことない宇宙時間で
いまこの瞬間に光った北極星は
四〇〇年後の地球で
ぼくの知らないぼくが観ているのだ
としたら
向うの（北極星の）住人は

四〇〇年後に
とても精巧な天体望遠鏡でもって
北極星を見上げている
今夜の地球のぼくを
見つけてくれるだろうか

ところで先生
あのときは
北極星〈ポラリス〉こぐま座α星の
本妻の逆鱗に触れてしまった母子の神話までは
教えてくださいませんでしたね
いつの世も
おんなたちのかなしみは
宇宙のようなさみしさですね
大人になってわかったことですが

あっ
流れ星
みっけ！

冬の夜

例えば未明になにか不吉な夢を見たとか
あるいはまぶしい昼間に
遠くになつかしい人の声を聴いたとか
心ならずも
はかなくめめしくしどけない気分の
冬の夜

そんなときには夜空を見上げて
一九五七年一一月三日人工衛星スプートニク二号で
ひとり（一匹）宇宙に旅立った犬

ライカのことを考える

それは当初から地上帰還の予定はなく
すべてのミッションクリアの暁には
毒入りの「最後の晩餐」が待っていた

敢えて科学のための犠牲は否定すまい
動物愛護法も考慮しない
ただ無心にライカの淋しさだけを考える
まぎれもなく空の果てのそのもっと上で
母なる大地に抱かれることもなく
ひとりで宇宙を旅することの孤独を

ライカよ
この地球上で生きとし生ける物の眼を持って

あなたの見た六時間の地球は美しい球形でしたか？
それとも生き物たちの怨嗟渦巻く歪《いびつ》な星でしたか？

だがライカよ
漆黒の宇宙に彷徨うあなたのたったひとつの淋しさは
いまも
地球上の全ての生き物たちの淋しさと釣り合っている

例えこんなちっぽけなわたしの気持ちとさえも

化石

気の遠くなるような時間の果てに　今
赤裸々な肢体を晒している
ティラノサウルス・レックス君

君たちの生きた時代は寒かったですか？
それとも周りはおっかない毎日でしたか？

なんの因果か六五〇〇万年も経って
起こしてしまって

ゴメン

ぼくたち人類はまだ五〇〇万年しか経っていないので
とても君たちと会話できる言葉を持たないけれど

いつの日か
からだの割には小っちゃな頭蓋骨や
不釣合いな前足の関節は
「実はさぁオレって偏頭痛に悩まされていたんだよ」
とか
「ここ小さいころ転んで突き指しちゃった跡だよ」
なんて
同じ星に生まれた者同士
苦労話のひとつも聞きたいもんだね

そのときはアンモナイトのつぼ焼きで一杯やりたいけど
とりあえずオウムガイで我慢してください
あっ
もちろんシーラカンスの活造りは用意するよ

成行き

コノサキ　三〇〇メートルサキ　〇〇コウサテンヲ　ウセツデス
ソノサキ　シバラク「ミチナリ」デス

未知の土地でカーナビが
電子の声で案内する

道は必ずしも一本道とは限らない
枝分かれもすれば
横道もあるだろう
だが

この先しばらくは
「道なり」でいいと言う
なんと的確な表現なのだろうと感心する

わたしたちの日常において
これほど確かに
これほど毅然と
これから進むべき道を
誰かが示唆してくれたことが
一度でもあったか

わたしたちの日々は
自己責任のもとに
いつも二者択一の分岐点に立たされ

しがない人生を賭けた長・半に
一喜一憂しつつも
つましく生きてきた

わたしには目的地を変更する
勇気があったか
どうか

いま
わたしの人生のナビゲーションはこう囁く
コノサキ　三〇〇メートルサキ　〇〇コウサテンヲ　ウセツデス
ソノサキハ　「ナリユキ」　デス
と

井戸

「なぜ」
という問いに
まだ答えを見つけられたころ
ぼくのなかにある一本の井戸を覗くと
いつも「不在」で満たされていた

（不在はいつかそこに帰ってくる）

その不在を汲み出すために
ぼくは井戸のなかへ

釣瓶《つるべ》を落とす毎日だった

やがて

「なぜ」
という問いを
もう持たなくなって久しい　いま
ぼくのなかの井戸には
「非在」しか見当たらない

（存在しないということのこの現実！）

釣瓶を落とすと
井戸の底から砕ける音がした

時に　ひとり

時に淋しく　ひとり
過去に想いを馳せる
時に侘しく　ひとり
悔恨を肴に酒を飲む

時に陽気に　ひとり
豊穣《ほうじょう》の刈田を寿《ことほ》ぎ
時に漫《すず》ろに　ひとり
鈍色《にびいろ》の空を見上げる

そんなことの繰り返しを
わたしよ
いつまで記憶していられるか
もうじき想い出の器は一杯になる
悔恨に酌む酒はまだ充分あるか
時に　ひとり
宇宙に想いを馳せる
やがてわたしは光年の果てに浮かぶ

Ⅲ章　グレーテ・ザムザさんへの手紙

グレーテ・ザムザさんへの手紙

拝啓
グレーテ・ザムザさん、お元気ですか。
お兄様のグレゴール・ザムザさんの事は本当にご愁傷様でした。

あれほど愛していらしたお兄様に対して、
「あいつはいなくならなければならないのよ」
と言わなければいられないほど
追い詰められた瀬戸際の悲痛な叫びを想うと、
他人事とは言え同情を禁じ得ませんでした
が

そんな軽々に同情などと言う言葉を口にすることすら
思い上がりも甚だしくこの場では不謹慎な気すら致します。

しかしなにはともあれグレーテ・ザムザさん。
奇怪でおどろおどろしく
この世にこんなことがあろうものかと言う
極限の事態に遭遇しながらも
お兄様が亡くなられたその日に
あなたたち親子三人は電車に乗って郊外へ出ましたね。
お父様とお母様とそしてあなたは
未来の見込みをあれこれと相談し合いましたね。
三月末の暖かい陽ざしのなかで電車の座席にゆったりともたれながら。
あれは実に素敵な行動でした。

〈不条理〉って決して不道徳でも不公平でも不満足でもなくて
その時その時をあるがままに受け入れることなんですね。
ただちょっと道理がこんがらかっているだけで。

だから手伝い婆さんが
「隣りのものを取り片づけることについては、心配する必要は
ありません。もう片づいています」
って別段なんの不思議もなく
「夕方、あの女にひまをやろう」
と言ったあなたのお父様の判断も至極当然なのでした。

おもうにグレーテ・ザムザさん。
わたしたちの日常の何が正しくて何が狂っているのか
なんて
巨大な虫になってしまったお兄様をどう受け止めるのか

（あるいは受け止められないか）ということだけであって
人間がある朝とつぜん虫になっちゃったと言うことが
理解できるかどうかなんて言う問題ではないのですね。

さて、グレーテ・ザムザさん。
あなたのお兄様が亡くなられて今年でちょうど百年目です。
ということはあなたもそれと同じだけ齢を重ねられたことになるわけですから
いまさらお元気でと言うのもなんですが
なにはともあれご自愛ください。

敬具

※「」内会話『変身』
DIE VERWANDLUNG
フランツ・カフカ（Franz Kafka）
原田義人訳

雛に寄せて

一　雛人形

わたしはかんがえている
わたしになにができるのかということを
わたしはいままだものいえぬ
あのこ《娘》にみつめられている

平安の御世
上巳《じょうし》の節句
巳《み》の日の祓《はら》い

雛遊《ひいなあそび》

わたしがわたしであるわけを
あのこがあのこであるわけを
わたしがあのこのかわりであって
あのこがわたしでないわけを

いくたびもいくたびも
わたしはかんがえることだろう
はこにしまわれ
まただされるごとに
あのこのまなざしにであうたび
わたしのむごんのかたらいが
もはやあのこのみみにはとどかぬ

そのひまで

わたしはかんがえつづける

二　流し雛

祓われた厄災を抱いて
わたしは流された
女子《おみなご》のつぶらな瞳に見送られて
わたしは流された
わたしは穢れている

物言わぬ人形《ひとがた》として
わたしは流された

女子《おみなご》の若い母の慈しみに見送られて
わたしは流された
わたしは水の上を揺蕩《たゆた》う

女子《おみなご》の祖母もまた見送ってくれた
その眼差しの奥に
いにしえのおんなたちの祈りを見た

だから

わたしはわたしの逃れられない定めを享受する
わたしはわたしに課せられた願いを全うする
わたしはわたしを祝福する

わたしの行方はわたしだけが知っている

三　つるし雛

わたしたちにはお内裏様はいない
三人官女も五人囃子も随臣もいない
けれど
わたしたちはおまえを守っていく

おまえが長女として生まれた
初の節句の日から
ずっと

無病息災良縁祈願

桃三角猿っ子その他大勢が
あわせて十一個の和裁細工となって

一本の赤い糸に連なり
その五本が「わさげ」に吊るされて計五十五個
そしてなおその一団は
雛壇の両脇を陣取って
総勢百十個という賑やかさで
おまえが成人するその日まで
ずっと見守っていてあげるから
いまは安心して
よぉく
おやすみ

家

一．新築

回転している独楽の上に家を建てた

日々のたつきは
それこそ目が廻るほどの忙しさだが
それでも廻り続けている間は
それなりに安定している
だけど
回転する速度が落ち始めると
途端に家の柱は揺らぎ出し

屋台骨もろとも危うく崩れそうになるので
一家の大黒柱としてのぼくの毎日は
芯に紐をギュッと巻き付けて
思いっきり家ごと独楽を廻すことが
日課になっている

一日たりとも休めないところがちょっとつらい

二．増築

妻と暮らすようになったら子供が生まれて
その子供が飼い始めたハムスターのココとナッツに
七匹の子供が生まれて
とても一度にはぜんぶ名前を覚えきれないので

テン・シン・ハン・ワン・タン・メン・チュウ吉
とひとまず命名し
ハムスターを買ったらおまけにくれたメダカにも
やっぱり子供ができて
卵のうちから名前をつけて楽しみにしていたら
こいつらどんどん生むんでもう命名するのは諦めて
それから子供が栗林で拾ってきた子犬のマロンは
あっ
という間に大きくなって
シングルマザーの身の上で三匹の子犬を生んで
ムサシ・コジロウ・エリザベスと命名し
あと夫婦の猫もいて
もうこれ以上はゴメンネって
メス猫ミィにはあらかじめ断りをいれて
オス猫タマの玉々取らせてもらって

こうして日々
回転する独楽の上に家を建てたおかげで
生き物がたくさんいるのって楽しいけれど
生き物の数だけ名前はあって
名前の数だけ居場所が必要になって
だから手狭になってしまった家を
子供部屋と犬小屋とハムスターゲージと水槽を名前の数だけ
二階を増築することにした
（猫夫婦は適当に暮らしています）

その分
これから毎日
紐じゃ間に合わなくなったので
ロープでもって独楽を廻すことになった

三.　浸水

魚《うお》の気持ちが満ちてくると
部屋の中に水が流れだす
水心もないのに
やがて部屋は水浸しになる
隣の部屋では妻と子供が
布団の端が濡れて困ると文句をいってくる
ぼくのなかの魚《うお》の気持ちが為さしめたことなので
こんなときは素直に謝って
しかたがないので今夜は
ソファーで寝てもらうことにする
そんなときは
回転する独楽の上に家を建てたことを少し後悔するけど
こんな日はさっさと魚《さかな》の目になって

浸水した部屋をぐるりと見渡すに限る
蛍光灯は水の中でも柔らかく発色していて
コンロのヤカンもせっせと発熱していて
ついでに玉を抜かれたネコのタマも
部屋の隅で静かに発情していて
ハムスター一家の
ココ・ナッツ・テン・シン・ハン・ワン・タン・メン・チュウ吉
各自各々のゲージの中で
水圧に耐えつつ廻し車に余念なく
犬のマロンとエリザベス親子は
泳いでいる夢でも見ているのだろう
水没した小屋のなかでときどき前足を掻いている
（ムサシとコジロウは養子にだされました）
みんなそれぞれに前からあったそのままの日常に
少しほっとする

ところでほんとの魚《さかな》って
魚眼レンズで見たものを
頭の中でちゃんと修正するのかしら
魚《うお》の気持ちになって魚《さかな》の目を持ったつもりでも
やっぱりもともと魚《さかな》じゃないので
ほんとのことは何一つわからない
せめて水槽のメダカたちの気持ちくらいはわかりたいけど
浸水した部屋では
水心のない者には
魚心は伝わってこない

四. 玄関（音楽編）

回転する独楽の上に建てた家の玄関では

その時々で音楽がながれている

朝は当然バッハの「コーヒーカンタータ」で始まる

〉猫はねずみとりが止められないように、
〉娘はコーヒーがやめられない*。

オス猫タマはハムスターのチュウ吉が大好きで
この家の奥さんはコーヒーが嫌いだけど

昼になると今度は一転してチャイコフスキー
こってりとした昼食で胃がもたれた日には
ブラームスというのも有りだが
一家の大黒柱を奮い立たせて独楽を廻すためには
是非ともにぎやかで軽やかな音楽が望ましい

そして夜は
マーラー第五番シンフォニー第四楽章
間違っても第六番シンフォニー「悲劇的」はながさない

やがて家族一同眠りにつくころには
もう一度バッハで「ゴールドベルク変奏曲」がながれる
この曲のすごいところは人だけじゃなく
夜行性のハムスターたちでさえも眠くなるほどで
チュウ吉はよくタマのお腹にもたれかかっては
寝息をたてている

玄関はみんなが眠りに落ちたことを確認すると
その日の気分次第で
ショパンのノクターンなんかをながしながら

静かに施錠してくれる
＊カンタータ211番　BWV二一一第一〇曲

五．階段（絵画編）

回転する独楽の上に建てた家では
玄関を開けると真っ先に階段がある
階段は突然のように
行く手に立ちはだかっているけれど
それがあまりに平然としていたので
そこにあることが自然体のように思われる
ちょうどマグリットの鮮明なだまし絵みたいに

そしてこの階段

どうしてこんなに急なのだろう
それは人を階上に上げるものというよりは
むしろ人が階上へ行こうとする意志を拒む
ような代物で
まるで階段で作られた城塞のようにも見える
ちょうどエッシャーの不思議な上下関係のように

しかしぼくはこの階段を上っていって
なんとしてでも二階にいきたかった
むしろ
二階に上がることが一家の大黒柱としての義務
とさえ考えていた
でも決死の思いで上がってみれば
何のために上がってきたのか
その理由は多分忘れちゃっていると思うけど

二階の窓からはちょうど
アンドリュー・ワイエスの郷愁の田園風景が
眺望できることだけは確かだ

もしかしたらぼくには
二階に上がるために階段があるのではなくて
この階段を上がりきった先が
二階になるのかもしれない

六．二階（完結編）

子供は大きくなったので
回転する独楽の上の家から
飛び出していった

ハムスター一家は
裏山の山桜の根元にみんな
ひまわりの種といっしょに眠っている
（だからあそこだけ
毎年夏が来ると向日葵の花が咲くんだよ）
メダカはある年の冬
一匹も春を迎えられず消えてしまった
犬のマロンとエリザベス
猫のミィとタマは
三途の川に水を飲みにいったきり…

家を建てたころのように　また
妻のほかはだれもいなくなって
物置と化した二階には
子供が使った勉強机と

坂井一則詩集『グレーテ・ザムザさんへの手紙』栞解説文

鈴木比佐雄

コールサック社

2015

不可思議な磁場に他者を発見する人
坂井一則詩集『グレーテ・ザムザさんへの手紙』に寄せて

鈴木比佐雄

1

坂井一則さんは浜松市に暮らし、すでに四冊の詩集を持つ詩人だ。それらの坂井さんの詩篇を読んでみると日常の描写の中に、なぜか強烈な磁場を持った非日常を発見してしまう。その非日常が実は日常に複雑に隣接していて、その重層的世界に奇妙な安らぎを感じてしまう。この世界の不可思議な重層性を発見し、そんな重層的世界は私たちの未来の世界であるかも知れないという驚きに満ちている。世界は一人の人間の磁場によっても変化させられるのではないかという、世界と個人の新たな関係の予感を感じさせる詩篇だと私には思われた。例えば第三詩集『そこそこ』から詩「坂の道」を引用してみる。

坂の道

朝夕の通勤する途中に坂の道があって、朝はその道を登っていくので、帰りは必然的に下ってくるわけだが、十年この方、朝見た景色と夕方見た景色が同じだったためしは一度だってなかった。

その道は螺旋状の、それもかなり厳しい勾配の道だったので、日射しの強い夏の午後などは目眩を起こしそうで、実際、熱に倒れた老人が転がり落ちていくのもめずらしいことではなく、あるいは、西風吹きすさぶ冬の朝、風圧を耐えて登っていた妊婦がにわかに産気づいた話も聞いたりして、

だが、だれもが坂の道に困惑しながらも必要としていた。

　また坂の道には木が植えられていたが、どの木もどの木も斜面に沿って直角に伸びていたので、通行人の平衡感覚を一層まどわせていた。ここを通う者は「坂の衆」と呼ばれ、朝、勤め先で人に言われるまで反り返っている自分に気づかないことがしばしばあった（その反動で夜は前傾姿勢のまま床についてしまう）。おかしくもかなしい「坂の衆」の習性だった。

　このように日常と非日常の境目が明確ではなく、むしろ境目がいつの間にかつながって見えることが、何かとてもリアリティを獲得している思いがしてくる。通勤途中の「坂の道」から見える光景が毎回違うということは、毎回新しい経験をさせてくれる場所であり、そこを通るものは目眩《めまい》を起こしたり、産気付いてしまうほどパワースポットなのだろう。坂井さんの詩も大きな特徴はそんな霊的な存在を感じさせてくれる場所から促されて、詩的精神が到来するようなところが濃厚に感じられる。

　また第四詩集『坂の道』には「坂の道」という詩はないので、第三詩集のこの詩「坂の道」が第四詩集に引き継がれてその重要なテーマになったと思われる。その中から詩「かなしみは」を引用してみる。

かなしみは

たかいところから
かなしみは降りてくるとしたのなら

はてしない空の　どこに
しあわせはあるというのだろう
でもぼくたち痛みのぶんだけ
人を思いやれるとしたのなら
かなしみはきっと多いほうがいい
そのぶん人やあなたにやさしくできるから
とおいところで春雷が鳴っている
たかいところからじきに雨が降ってくるだろう
雨は乾いた大地にしみこんでいくだろう
ふかい森の木々を癒し
みずうみはひたすら静かに水を湛えている
子守唄のようになつかしく

この詩は「かなしみ」と「しあわせ」の関係を深く考えさせてくれる。坂井さんにとって雨の雫は、「かなしみ」が流す涙のように感じられている。その「かなしみ」の場所が天上にあるのなら、この地上にはどこにも「しあわせ」はもたらされないと悲観的になる。それでも坂井さんは逆に「かなしみ」を感受しその「かなしみ」の痛みを人間は理解するからこそ、「しあわせ」を探し求め、他者の痛みを理解して「やさしく」なれる世界を実現すべきだと考えている。「かなしみはきっと多いほうがいい／そのぶん人やあなたにやさしくできるから」とは、そのことをしなやかに伝えてくれている。「乾いた大地にしみこんでいく」雨は、いつしか湖に集まり「静かに水を湛えて」、人に「しあわせ」をもたらすのだと語っている。このような雨に関する詩作は思索的であり、このような詩作と思索が一体化した表現力もまた、重要な坂井さんの詩の特徴であり、新詩集にもそのテーマは引き継がれているように思われる。

2

新詩集『グレーテ・ザムザさんへの手紙』はⅣ章に分けられ、二十八篇の詩から成り立っている。Ⅰ章「私雨《わたくしあめ》」八篇の初めの詩「私雨《わたくしあめ》」は、次のように始まる。

しなやかに熟れていく季節の始まりとして
たとえば空の高みから
一滴《ひとしずく》のかなしみが落ちてくるとき

わたしはその滴るかなしみを享受する

ひたすら坂井さんは空から落ちてくる雨の一滴の音に耳を澄まし、そのかなしみの音に聴き入っている。あたかもショパンのピアノ曲に聴き入るかのように、雨音をかなしみの「私雨」の響きとしてしまう感受性こそが、坂井さんの詩的言語の魅力的な音楽性だ。最後の二連を引用したい。

いまわたしはしなやかな季節の入口から
伝説の森に迷い込む
その森ではかなしみの滴も
空の高みから慈雨のごとく降り注ぎ
木々を癒し
誰も見たことのない湖は
ひたすら静かに水を湛えるという

山粧う秋日
旅先の麓で
季節のしなやかな移ろいを
子守唄のようになつかしく

私雨に聴いた

その「かなしみの滴」はいつしか「慈雨」として大地に降り注ぎ、それらの水が集まり、「誰も見たことのない湖は／ひたすら静かに水を湛えるという」ように、雨を讃美していくのだ。雨はすでに「かなしみ」ではなく、「子守唄のようになつかしく」きっと自らの本来的なものを甦らせてくれる「私雨」に変貌していったのだ。雨が「慈雨」になり、さらに「私雨」になっていく坂井さんの時間の流れがこの詩に刻まれている。坂井さんの詩は、当たり前だと思われている言葉の意味を強烈な磁場で私の言葉として甦生させてしまうのだろう。詩が徹底した個人言語であり、そうだからこそ瑞々しい個人言語が干からびた公的言語を解体させて、次の時代の新たな血の通った公的言語を用意することが可能なのだろう。

I章の他の詩ではさらに雨や風や花々などの自然から感受し教えられたものを豊かにそしてユーモアも交えて表現している。例えば詩「雨の日に」では、「雨の痛みのぶんだけ／やさしくならなければいけない」と雨の午後の堕天使に「ぼくらの罪」を重ねている。

詩「風紋」では、「風はことばの代わりに／夢の続きと瑠璃色の記憶／そしてそれらにまつわる事様《ことざま》を／砂の上に／模様に託して語るのだ」と風のメッセージを伝えてくれている。

詩「風の強い日に」では、寒風の中でも着物姿の老婆が「美しい後姿で／横断歩道を渡っていった」情景を感動的に眺めるのだ。

詩「しだれ桜」では、廃屋に咲く見事なしだれ桜を見て、付近に埋まっている屍体が蠢くのを感じている。

詩「花時人《はなまきびと》」では、「ここに花があったらどんなに素敵だろう」と思った「花蒔人」に自宅の玄関や勝手口に花の種を撒かれて咲き出してしまった。その街は誰もが「花蒔人」になりつつあるという。

詩「花から教えられた、日」では、「花は受粉したのち／自らを枯らすために／己に向けてエチレンガスを放出し／残りのエネルギーのすべてを／実や種に結集させるのだという」花の宿命を語り、生あるものの「去り逝く時」を考えさせてくれる。

詩「言葉にすると」では、「言葉にすると／なんと／貧しくなってしまうのか」と感ずるときには、無言で「美しい贈物のように聴こえる」風の音に耳を澄ますことを勧めている。

Ⅱ章「時に　ひとり」七篇では、Ⅰ章の地上の存在から離れて浮遊感のある、天上の星々や地球の歴史を思いやる詩篇群だ。

詩「折鶴」では、「やさしさに心奪われていたので／折鶴を折った」そうで、その「折られた鶴は／私の掌を二、三啄《ついば》み／そっと舞い上がった」時に、わたしの言葉を啄んで飛び去っていく。

詩「北極星〈ポラリス〉」では、小学校の理科の時間に「北極星までの距離は約七〇〇光年です」と教わったが、現在約四〇〇光年に訂正されている。四〇〇年後の地球の「おんなたちのかなしみ」を想像する。

詩「冬の夜」では、心が落ち込むような冬の夜に、一九五七年に人工衛星スプートニク二号で「ひとり（一匹）宇宙に旅立った犬／ライカのことを考える」という。「ひとりで宇宙を旅することの孤独」を思いやる。

詩「化石」では、六五〇〇万年前の最大の肉食恐竜「ティラノサウルス・レックス」に「君たちの生きた時代は寒かったですか」と同じ地球の生きものとして親しげに話しかけている。

詩「成行き」では、未知の土地でカーナビが〈この先しばらくは／「道なり」でいいと言う〉言葉を聞き、「なんと的確な表現なのだろうと感心する」のだ。人生もこのように「ナリユキ」でもいいと願っている。

詩「井戸」では、「井戸」を覗き、〈「なぜ」／という問いに〉答えを見つけようした頃は「不在」があったが、問いを発しなくなった今は、井戸には〈「非在」しか見当たらない〉と自らを叱咤しているようだ。

詩「時に、ひとり」では、「時に侘しく　ひとり／悔恨を肴に酒を飲む」ことで、「もうじき想い出の器は一杯になる」そうだ。その先には「時に　ひとり／宇宙に想いを馳せる」時間を生きようとする。

3

Ⅲ章「グレーテ・ザムザさんへの手紙」四篇では、家族関係を通して人間や世界を深く理解させてくれ、この詩集で最も独創性がありユニークな詩篇群だと思われる。

詩集題にもなった詩「グレーテ・ザムザさんへの手紙」は、カフカの『変身』の主人公グレゴール・ザムザが死んで百年が経ちその死を悼み、妹であるグレーテに手紙を送ったという設定が、誰も気づかなかった面白さを感じさせる。兄を愛していたにもかかわらず、「あいつはいなくならなければならないのよ」と追い詰められたグレーテに同情し、そのような家族を介護し看取った者たちの疲労感が軽くなるように願っているようだ。妹グレーテに焦点を当てることは、とても現代的で切実な問いを突き付けられた気がする。

詩「雛に寄せて」は、「雛人形」から人間界を見ようとした三篇の詩篇だ。「一　雛人形」では「あのこにみつめられている」わたしの存在を考えている。「二　流し雛」では、女子の厄払いの「女子《おみなご》のつぶらな瞳に見送られて」、女子の厄払いの「逃れられない定めを享受する」のだ。「三　つるし雛」では、高価な雛人形を買えない庶民の家の「つるし雛」は、「桃三角猿っ子その他大勢が／あわせて十一個の和裁細工となって／一本の赤い糸に連なり」、「おまえが成人するその日まで／ずっと見守っていてあげるから」という娘たちへの愛情が書き記されている。雛人形に託した親の思いを描いた心温まる連作だ。

詩「家」も六篇からなる連作だ。「回転している独楽の上に家を建てた」一家の大黒柱のぼくは、毎日独楽を家ごと回さなければならない。そのような日々を送り、家を増築したり、ペットたちがたくさん増え忙しく暮らしている。けれどもその家の玄関ではバッハなどのクラッシックが流れ、内部は不思議なだまし絵のような空間が広がり、二階の窓からは「アンドリュー・ワイエスの郷愁の田園風景」は眺望できるという。子育てが終わり子どもたちも出て行きペットたちも居なくなると、独楽の上に家が建っていたと思っていたが、実は自分自身が回転したいたことに気付き、「ぼくも家も年老いた」と呟くのだ。坂井さんのこの連作を読み終えると、一人の男の人生を高速で垣間見たような不思議な思いに捉われてしまった。

詩「名前」も三篇の連作であり、一、二、三には註がついていて、詩を読んだ後にどんな名前の存在を語っていたかの謎解きをしている。詩とはある意味で言葉と存在の関係の謎を解くようなものだから、このような試みもとても興味深いと感じた。

Ⅳ章「天狗の杜《もり》」九篇では、坂井さんが出会った次のような不思議な他者の存在を書き記している。詩「天狗の杜《もり》」では、「天狗道に彷徨う／かわいそうなひと」。詩「蟬」では、「あなたは名前そのものの人生」だった「四二才で逝ったHさん」。詩「アサリ」では、アサリを「ミンナクッテヤル」と〈「鬼ババの笑い」を漏らす〉詩人。詩「鴨（Ⅰ）」「鴨（Ⅱ）」では、人間の矢を意識して「かつてないほどの殺気を感じている」鴨や「ネギを背負って／よろめき飛んでいる」鴨。詩「舌を噛む」では、人間を含め他の生き物を噛まざるを得ない犬、猫、鼠たち。詩「猫を跨ぐ」では、「ネコマタギを釣った天上の父」。詩〈「鮭」 Gustavo Isoe（グスタボ・イソエ）へのオマージュ〉では、「荒縄に吊るされた鮭」の絵。詩「いま、ヘッドライトが流れていく」では、「ヘッドライトを点し」た対向車の眼差し。坂井さんはそんな自己を見詰めている他者の眼差しから、未知の発想や不思議な視線の詩を創り出してしまうのだ。

坂井さんの詩篇は、きっと精一杯生きようとしている他者の抱えている磁場を直観してしまい、自己の磁場と共振させられた内的リズムから成り立っているのだろう。そして多くの人びとの胸に潜む詩的な磁場を巡って、粘り強い詩的な世界が立ち上がってくるのかも知れない。そんなどこか孤独な悲しみを抱えながらも、有限な時間を共に生きる家族や他者の幸せを願って書かれている詩篇を、多くの人びとに読んで欲しいと思う。

九つの空のハムスターゲージ
そして使うあてのない首輪が二つ
ところで水槽はどこにいっちゃったんだろう
久しく魚の気持ちが満ちてくることもなく
（その分　浸水する心配もないけどね）
玄関はネジ切れのオルゴールみたいに
思い出したように時々ギイッと鳴っている
そういえば階段は
ずいぶん短くなったような気がする
あんなに必死になって上がった階段なのに
いつからこんなにすんなりと
二階に上がれるようになったんだろう

そうか！

物置になった二階を見渡していて
いまぼくは突然　理解した
回転する独楽の上に家が建っている
と思っていたけどほんとうは
自分自身が回転していたんだってことを
天動説を信じていた頃のひとのように
回転する自分の脳の中身を止めてしまえば
目の当たりの景色の方がみんな回転していて
芯にヒモをギュッと捲きつけて
思いっきり家ごと独楽を廻していたつもりが
実は
自分自身にヒモを捲きつけて
自分自身で自分を廻していた
ってことを

ぼくも家も年老いた

名前

―*

名前なんて結局は
ただの符丁と言ってしまえばそれまでのことだけど
その時代の体裁とかってあるし
ましてその身体的特徴をもってして
しかも口にするのも憚られるような名前って
一体全体どうよ
そしていまやその存在すら
危うくなってきているっていうのに
ただ名前だけが残されていくなんて
とってもやりきれないいんだけどアタシ
でもまあいいか

分類上では
「ゴマノハグサ科クワガタソウ属の越年草」
っていうんだけど
和名は…
やっぱり言えないわ

二*

葉の上に花を乗せ
あたかも葉の一枚一枚が
川を下っていく緑の筏のようで
きっと趣のある人が名づけてくれたんだろう
自然界のぼくたちには名前なんていらない
ただそこにある

ただそこにいる
それだけで充分だ
と思っていたけど
ときにせっかく付けてくれた名前の通り
だれかを乗せて
川面を流れていきたくなってしまう

その日
ぼくはみんなを乗せて流れていきました
生きている人も死んでしまった人も
呉越同舟十把一絡げ
みんなみんな乗せてあげました
川面をたゆたい
なかには船酔いする人が出ても無視して
そしてはるか西の海に出たところで

ぼくもみんなも沈めてしまいました
ぼくはやさしさに慣れすぎてしまっていたんだろう

三＊

さてその「名」の由来になにがあったのか
あれこれ想像を巡らしながら窓の外の雨を眺めていた
バッハのオルガン曲を聴きながら

まずその「名」から察するに
こころ穏やかならぬ陰湿なものをおぼえるが
それにはそれなりの理由あってのことであり
「でもそれにしてもこの『名』はないでしょう」
とは誰しもきっと思うに違いないけど

いまにしてなお
君やあなたの口の端に上るのであれば
いまさらとやかく言われるべくもないだろう

（バッハの旋律が高揚していく）

それはたぶんわたしたちには
その「名」の由来を考察する権利がないのだ
たとえいにしえにどんなことがあったとしても
さかしらにことさら取り立てて
批判してはいけないことだってある

ちょうどバッハの音楽のように
黙って聴くほか手がないし
黙って聴くことが一番いい

そんなことだってあるのだという
謙虚で消極的な思考もときに必要ではないか
（バッハが半音階で下降してくる）

一体全体いつからか
何もかもみんなすべて
自分の思うままになるなんて
思い違いも甚だしい
傲慢で不遜なひとになったのか
と反省する

バッハの旋律が雨に溶けていく

※副題　1イヌノフグリ（犬の陰嚢）2ハナイカダ（花筏）3ママコノシリヌグイ

Ⅳ章　天狗の杜《もり》

天狗の杜《もり》

あの杜の
後ろに聳える四本杉の
右から数えて二本目
ほら
他の三本より
ほんの少し高い
あの杉の木ね
あそこには
天狗が棲んでいます

と　そのひとは言った

言われてみれば
たしかに
天狗のひとりやふたり
居てもべつだん
不思議でもなさそうな
森閑とした杜

天狗はね
六道には属せない
ひとり淋しく
天狗道に彷徨う
かわいそうなひとです

と　そのひとは独り言《ご》ちた

いつの世も
はみ出し者は赦さない
みんななかよく
手に手を取って
目指すは天道
でなければ
地獄道

幽玄に誘われ
気付けば
薄暮
利休鼠《りきゅうねずみ》の空から
一陣の天狗風

蟬

仕事場の隅っこのコンクリートの上に
一匹の蟬が仰向けで
「蟬」いう文字の形で転がっていた

そういえばきのう
一年ぶりに開いた読み掛けの本の間では
蚊が「蚊」という文字の形で挟まっていた

生き物たちの最後は
その文字の形のままで終えられる

人の最後も
その人の名前の形で終えられるか

四二才で逝ったHさん
あなたは名前そのものの人生でしたね
でも
あなたと同じ漢字の一文字を名前に持つわたしは
とてもあなたのような姿で横たわることはないでしょう

いま蟬が「蟬」という形で転がっている
それはきっと
生き物たちの一途に生きた証として
自然の懐に還っていくための形なのだろう

だから蟬よ
せめておまえも母なる大地の許へ還してやろうとして
おもむろに指で抓もうとしたら
ジジジッ！
って羽ばたいて起き上がった

ごめんね
まだ死んでなかったんだね

アサリ

「夜が明けたら
ドレモコレモ
ミンナクッテヤル」
と　石垣りんは『シジミ』で書いている

いまわたしは
夜を前にして
貰ったアサリで思案している

乾燥昆布を一片鍋に放り込み

水から煮立てて
塩と数滴の醤油で味付けをする
あとは万能ねぎのみ
（シンプル・イズ・ベスト）
もちろんこまめにアクを取る
昆布は潮時をみて取り出しておく

イメージは完璧なのだけれど
伸びきったアサリの水管が
切なげだ

舌のような「あし」がわたしの自律神経を這う
殻の中のあられもない内臓が
その時を待って蠕動《ぜんどう》している（に違いない）

「ミンナクッテヤル」
と宣告した後で詩人は
「鬼ババの笑い」を漏らす

生き物がイキモノの命をいただくということは
こころのどこかで
鬼面の形相を呈することに相違ない

さて「ミンナクッテヤル」ためには
いい湯だな
などと思う間もなく
シジミもアサリも熱湯地獄を味わうのであって
殻の外側から容赦なく侵入してくる熱に
胃も腸も心臓もタンパク変性を起こし
貝柱は硬直して…

ああ
もうだめだ
アサリ汁にはできない
やはり酒蒸しにしよう

鴨（Ⅰ）

夜明け間近
オレは葦の繁る棲みなれた沼にいて
かつてないほどの殺気を感じている

オレは素知らぬ振りして沼を漂うが
水面の下では水掻きが震えている
閉じた尾羽の内側が冷たく汗ばんでいる

実はあの葦の隙間《すきま》から
一本の矢がさっきからずっとオレを狙っているのだ

これは呑気な狩り遊びではない
日々の生活を担う猟夫《さつお》の矢だ

オレは咄嗟に全力で羽ばたきながら
水面を駆けだそうか迷っている
あの矢から逃れられる確率は五分五分だ
しかしそれよりも
オレがいま飛び去ればあの猟夫は
早晩　対岸の葦原に隠れている
我が子らを見つけることだろう

オレは考える
もし世界が別の道を歩んでいたとしたら
鴨であるオレが「人間狩り」と称して
自羽で作った矢羽を番《つが》えていたかも知れず

はたまた鴨も人間も友だちで
ときにオレはネギなど背負って
人間のところへ遊びに行っていたかも知れぬ

だが今は
オレに課せられた究極の選択には余地がない

夜明けはまだか！

鴨（Ⅱ）

鴨であるオレがいま
ネギを背負って飛んでいる
冬の冴え冴えとした満月の夜空を

これが澄み渡る秋の夜空で
満月からダイビングするごときの
三羽の落雁ならば
浮世絵か切手になろうものを
冬の満月の夜空でネギを背負って
よろめきながら飛んでいる一羽の鴨なんて

道化以外のなにものでもない

これは鴨とネギとは相性がいい
などという話ではない
背負ったものがニンジンやダイコンではだめなのか
という話でもない
オレがいま背負わなければならなかったものが
たまたまネギだったという話であって
ほんとのところはニンジンでもダイコンでも良かったのだ
が
仮にいまここにネギとニンジンとダイコンがある
さあどれかを選べ　と言われたら
オレはきっと迷わずネギを選んだことだろう
というだけの話なのだ

しかし
オレはいまネギを背負って飛んでいるが
背中にズッシリくるこの重さだけは確かなものだ
己の肉体にネギの重量を足して
重力に逆らって引っ張るように満月の中を飛ぶ
という
理不尽だけれども得も言われぬ充足感は
他ならぬオレだけのものだ
このオレにしか分からぬものだ
たぶん生きている証なんて
案外
背中にネギを背負って空を飛ぶ
その程度のことなのかも知れぬ

だったらオレは堂々と

ネギを背負って夜空に飛ぶ
冬の満月の中を
悠々と飛んでやる

月　天心！

舌を噛む

舌を噛んでしまった
舌尖《ぜっせん》のちょっと左側を
咀嚼のはずみで噛んだのだ

日頃
他人とはうまく噛めない性格なのに
舌はものの見事に噛んだのだ
人前でなにか言おうものなら
いつも噛みまくりだからといって

まして一度だって
謀議なんかは噛んだこともない
この舌を
したたかに噛んでしまって
いまは臍《ほぞ》を噬《か》んでいる始末だ

いまさら唇噛んでも遅いけど
以来
傷ついた味蕾《みらい》を触る食物は
痛覚ばかりで甘い鹹《から》いの比ではなく
おいしいものをおいしいって感じられない
砂を噛むような味気無さ
でも人生って所詮はそんなものよ
と　妻の舌先三寸に慰められて…

「嚙む」といえば
「飼い犬に手を嚙まれる」っていうけど
ほんとは犬も飼い主の手なんて嚙みたくなくて
犬には犬の事情ってものがあったに違いない
などと苦い昔の記憶を想いだし
「窮鼠猫を嚙む」っていうのも
嚙まれたネコもネコだけど
嚙むはめになってしまったネズミもネズミだよね
君子危うきに近寄らずさ
ハハハ…と
これまた痛すぎる過去を反芻して
舌の痛さを紛らわすために
己の日常は顧みず
無茶苦茶なことを書き散らし
ところでなんで「二鼠藤を嚙む*」って

二匹のネズミが藤を食べると人が死ぬのだろう？
よくわからないけどこれはきっと神様の
人間の飽食気遣うありがたい御忠告
欲しがりません
癒えるまで

と
舌の根も乾かぬうちに
フレンチフルコースを眼前に
舌舐めずりしている夢を見た

＊「二《に》鼠《そ》藤《ふじ》を噛む」
「二鼠」を日月、「藤」を生命にたとえた言葉。
人の命ははかなく、刻々と死に近づいていることのたとえ。

猫を跨ぐ

炎天下の蝿のうだる憂鬱が
ぶぅーんぶぅーん
伝わってくる夏の午後

猫が路上に轢死体で横たわっている

いつもなら見ない振りして通り過ぎるのに
今日はなぜか
どうしても跨ぎたくなってしまった

猫を跨ぐ
かつて猫と呼ばれていた生き物の
もう猫と呼ぶにはあまりに生々しい姿を

幼い日
父と釣りにいった記憶が甦る
釣っても釣っても
かかるのはネコマタギばかり
「ネコマタギだよ　猫も跨いで通るのさ」

あの日から途絶えた父の記憶の代わりに
猫を見るたびに
何かを跨ぎたくなる習性を持ったのか
だから今もこうして
ネコマタギを跨いだ猫の躯に飛ぶ蝿もろとも

無性に跨ぎたくなってしまう

最近わたしのなかで
時ならぬ風の気配を感じることがある
あれはきっと
ネコマタギを釣った天上の父が
わたしの頭上を跨いでいったに違いない

「鮭」 Gustavo Isoe（グスタボ・イソエ）へのオマージュ

荒縄に吊るされた鮭がある
それだけでは足らず
細い麻紐で
板に縛り付けられている
もうすでに
こちらの片身はきれいに削がれていて

人が生きる糧として
食料を保存する知恵として
いまここに括られている鮭は

絵である　決して写真ではない
しかし

この生々しさはどうだ
一匹の生き物の死の臭い
それを見つめる捕獲者の
獲物を眼前にした喜悦すら思わせる
絵

鮭の大きくあいた口は乾いている
鮭の白く濁った目玉は乾いている
腸《わた》を抜かれた紅身が乾いていく

鮭よ
その開かれた口で何を叫びたかったのか

その固くなった魚眼は何処を見ていたのか
もう片方のまだ削ぎ落とされていない身は
遥か故郷の河の匂いを放っているか

Gustavo Isoe
あなたの絵筆が
ぼくの水晶体に滲む

いま、ヘッドライトが流れていく

晩秋の夕暮れ
ぼくはいつものように車を運転していて
台地のスロープを下っていた
対向車はヘッドライトを点し
光の帯がうねうねと連なっていた
下から上へと

生きているとはこのようなことではないか

そんな言葉が

突然
ヘッドライトの流れに乗って脳裏をかすめた

愛しい者やたいせつな人を想うときも
たしかに生きている実感はあるが
日常の無機質な行動のなかにだって
充分生きていくことの必然はある

ぼくにはいま帰るべき処がある

あとがき

初めて詩らしきものを書いたのは小学校六年生の時でした。身体の弱かった私は、療養のために、海と山の見える施設に五年生の夏休みから居て、でも小学校は地元で卒業式を迎えたくて、三学期を前にした六年生の冬休みに退園しました。そのとき、親元を離れて暮らした一年四カ月の想いが溢れるように湧いてきて、鉛筆が止まりませんでした。思えばそれが私の詩の始まりでした。

以来、脆弱な身体なりにも今日まで生きて来て、気付けば来年は還暦です。

その間、半世紀近くにもわたり、私はわずかばかりの詩を書き続けてきました。それは、その時々のこころの在りようを書き連ねた「自分史」でしたが、もういい加減充分だという意識が頭を擡げ始めた矢先、「ネット詩誌」という存在を知って、何かが私の脳裏を過りました。三年前のことです。

それは私の中で、もう一度詩に没頭したいという願望であったのかも知れません。それとも「老い」を眼前にした戸惑いと恐れへの抵抗であったのかも知れません。いずれにしても私は、ハンドルネーム「Kazu.」として、今までの「坂井一則」は捨てて、書き出しました。

今回ここに纏めた詩篇は、以上のような次第で書かれたものです。

また、突然の飛び込みにも関わらず、編集をはじめ、丁重なるご対応をいただきましたコールサック社の鈴木比佐雄さん、鈴木さんには栞解説文まで書いていただきました。それはこの詩集の各編にわたり解説をいただきましたが、私という者にまで言及されました。おそらく、私という人間を知っているのは私自身ですが、反面、客観的には、私は私に最も遠い存在です。「私とは何者であるか」ということを、改めて考えさせていただきました。ここに感謝申し上げます。

いま、詩を書きたい想いは再燃しています。

二〇一五年　一〇月一日

坂井　一則

坂井　一則（さかい　かずのり）　略歴

一九五六年（昭和三十一年）生まれ

著書
一九七九年　詩集『遥かな友へ』（私家版）
一九九二年　詩集『十二支考』（樹海社）
一九九五年　詩集『そこそこ』（樹海社）
二〇〇七年　詩集『坂の道』（樹海社）
二〇一五年　詩集『グレーテ・ザムザさんへの手紙』
（コールサック社）

所属
ネット詩誌「MY DEAR」

現住所
〒四三一—三三一四　静岡県浜松市天竜区二俣町二俣二一〇二—四

石炭袋

坂井一則詩集『グレーテ・ザムザさんへの手紙』

2015年11月25日初版発行
著　者　　　坂井一則
編集・発行者　鈴木比佐雄

発行所　株式会社 コールサック社
〒173-0004　東京都板橋区板橋2-63-4-209
電話 03-5944-3258　FAX 03-5944-3238
suzuki@coal-sack.com　http://www.coal-sack.com
郵便振替　00180-4-741802
印刷管理　(株)コールサック社　製作部

＊装幀　杉山静香

落丁本・乱丁本はお取り替えいたします。
ISBN978-4-86435-230-7　C1092　￥2000E